圖解量詞學習繪本

文・圖　高野紀子

翻譯　林劭貞

目　次

形狀改變的話，量詞也會改變

今天的點心是蛋糕捲，雖然同樣是蛋糕捲，
但是切分的方式不一樣的話，量詞也會改變。

蛋糕捲　一條

切片的話……
一片、一塊

蛋糕
一個、一整個

切片的話……
一片、一塊

麵包　一個

切片的話……
一片、一塊

西瓜
一顆、一個、一粒

切片的話……
一片、一塊

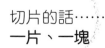

容器改變的話，量詞也會改變

商店裡販售各式各樣的商品。雖然是同樣的東西，若放進不一樣的容器裡，量詞也會改變。

同樣是糖果

一盒

一罐

一包

盒裝還是罐裝？

糖果也可以袋裝！

同樣是果汁

一瓶、一罐

同樣是油

一罐　一瓶

同樣是橘子

一包　一網袋　一盒

同樣是餅乾

一盒　一包

「盒」通常指方形立體容器；「瓶、罐」一般為圓柱體或長方體的立體容器，都可通用喔！

用來計算數量的容器名稱有很多種

一盒（塑膠包裝）

一瓶、一罐　一罐　一盒　一袋　一網袋　一瓶、一罐　一籃　一箱

各式各樣的食物 PART I

把身邊的食物集合起來看看。

葡萄　一串

一粒

番茄　一個

杏仁果
一顆、一粒

菠菜
一束、一把

一株

一根

香蕉　一串

櫻桃　草莓
一顆、一粒

帶殼的毛栗
一個、一球

栗子
一顆、一粒

菇類　一株

一根

所謂「串」

串的語義是「連結」，例如成串狀的水果或花卉，可以用表示「條狀連結」的「串」來當複數量詞。

藍莓
一顆、一粒

所謂「粒」

大約是食指與大姆指可以捏起來的小東西，就用「粒」來數它。但在閩南方言中，會有「一粒」西瓜、「一粒」蘋果等用法。

花生　一顆

一粒

豌豆莢
一條

一顆、一粒

口香糖
一顆、一粒

一瓣

毛豆莢
一條

一顆、一粒

豆腐　一份

糖果
一顆、一粒

橘子　一個、一顆

🐻 真有趣

日語用於豆腐的量詞是「一丁」，從前日語的「丁」表示偶數（可以用 2 除盡的數字，例如 4 之類），所以如果用「一丁」來當作量詞，應該是指兩塊豆腐。但「一丁」在中文中表示少量，例如：一丁點。

炸蝦飯，
一份！

🐻 真有趣

日語的「丁」也可當「一份」使用，在日本的餐廳點餐時，店家會向廚房裡頭喊「○○一丁」、「請努力準備一丁吧！」之類的話，這是在需要表達氣勢時使用。

6

甜甜圈 一盒

一個

土司 一條

法國麵包 一條、一個

熱狗麵包 一個

羊羹 一條

一片、一塊

🐭真有趣

在日本，350公克的土司沿襲舊制，使用一（日）斤為量詞。「斤」是中國古代的重量單位，又稱司馬斤，一斤等於十六兩，而臺灣常用的台斤，沿此舊制，1 台斤為1 日斤＝600 公克 ＝ 0.6 公斤。

大福 一個

蕎麥麵 一份

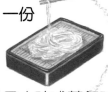

瓶裝的楓糖 一罐、一瓶

如果倒在湯匙上…… 一匙

杯子蛋糕 一個

磅蛋糕 一條

「磅蛋糕」名稱的由來，是因為各使用一磅的麵粉、砂糖、雞蛋與奶油而製成。

如果是用小碗或蓋飯碗盛著…… 一碗

烏龍麵
一包
一球
一份

所謂「球」

像洋蔥、冰淇淋等呈現圓形的東西，以及捲成球狀的毛線、烏龍麵等物品，可以使用「球」為量詞。除此之外，球類比賽的得分也會用「球」計量喔！

切塊的話……

一塊

鬆餅 一份、一盤

包心菜
一個

如果是剝下來的葉子…… 一片

洋蔥
一球、一個

魚的量詞會改變
魚有各式各樣的量詞

秋刀魚是一條，
鰈魚是一尾。

魚市場裡有好多海鮮！中文裡，「尾」和「條」並沒有明確區分，經常混用。

尾
連著尾鰭的整條魚與蝦類，用「尾」這個量詞。

條
像鮪魚之類的大型魚、鰻魚或秋刀魚之類的細長魚類，用「條」這個量詞。

片
切片的魚，會使用「片」這個量詞。有趣的是，在日文裡，像比目魚之類的扁身魚，也用「片」來計量。

片魚
鮪魚之類的整條魚，去掉魚頭與魚尾之後，把魚身切分，稱為「片魚」。日本料理分成「上側肉」、「魚背骨」、「下側肉」的切法，稱為「三片切」。魚切片之後，形狀改變，所以量詞也改變。

份
把魚的頭、尾切開後的三份（魚頭、魚身、魚尾）。

部
把魚身的背部與腹部切開後的魚肉（背部肉、腹部肉）。

塊
切完之後放置在盤子上的魚肉塊。

口
切成適合食用之大小的魚肉。

片
切成小長方形的魚肉片。

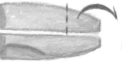

8

各式各樣的食物 PART II

從海裡或河裡抓上來的美食，
要怎麼數呢？

螃蟹　一隻

扇貝　一枚、一個

蠑螺　一個

蜆貝
一個

鮑魚
一個、一隻

玄蛤
一個

🐻 真有趣

在日本數螃蟹或鮑魚的量詞是用「一杯」、「二杯」……然而「杯」在中文是用來計量放在杯內的物品，多半為飲料或液體，例如一杯水，兩杯茶等。

章魚
一隻

海膽　一個

風乾後的魷魚乾
是扁平的，因此以
「片」當量詞。

烏賊鰭

烏賊身

烏賊頭

烏賊腳

蛤
一個

烏賊
一尾

魷魚乾　一片

🐻 真有趣

中文裡，沒有對魚腹中的魚卵或是魚精有特別的計量用詞，而在日本會用「一腹」來計量。

海膽（陳列在盒子裡）
一盒、一箱

鱈魚　一條、一尾

明太子（鱈魚的卵）
一腹

鮃魚　一條、一尾　　鰈魚　一條、一尾

兩眼都長在左側的是鮃魚，
兩眼都長在右側的是鰈魚。

蝦子
一尾、一隻

水針魚　一條、一尾

所謂「條」
細長物的量詞。

9

各式各樣的食物 PARTⅢ

烤沙丁魚乾
一排、一串

魚乾（一夜乾）
一片

蒲燒鰻魚
一片

串起來的鰻魚片
一串

昆布
一張、一片

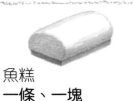

魚糕
一條、一塊

竹輪
一條

魚板　**一片**

鰹魚乾
一條
一節

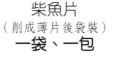

柴魚片
（削成薄片後袋裝）
一袋、一包

昆布
（植物的形態）
一棵、一株

海苔卷　**一條**

海苔
一張、一片

切段的話……
一塊

壽司（盛在盤子裡）
一盤

握壽司
一貫

壽司（裝在食品盒裡）
一盒

🐻 **真有趣**

中國古時候的銅錢有方孔，用繩子串起，一千個叫「一貫」，現已沒有這個用法。但是隨著日本料理的普及而開始使用，有時候也稱兩個握壽司為「一貫」。

「個」與「件」

店家正在和顧客說話喔！買東西的時候，同樣的物品，顧客說「三個」，店員也可以說「三件」。量詞的變化好有趣啊！

這個，請給我三個！

這是您的三件商品。

「片、個、條、根」的區別

「一片」、「一個」、「一條」和「一根」等，都是常用的量詞。它們之間到底有什麼區別呢？

如果是像這樣壓扁的樣子，就是「片」。

如果是像這樣，就是「個」。

這個是「根」或「條」。

使用同樣分量的黏土，試著把它分成三等分。如果寬與長的比例大約1:3，就是「根」或「條」；小於這個比例的，大多使用「個」。

片
扁平狀的物品。

個
不扁平也不細長的物品。

根、條
細長的物品。

即使體積大小不一樣，量詞也不會改變

報紙、傳單、便條紙可以用「張」為量詞。幾張報紙摺疊起來可以稱「一份」。

不論是爸爸的大背包或女兒的小背包，一樣都是「一個」喔！

鉛筆、球棒、晒衣竿，都是「一根」。

各式各樣的餐具

湯碗　一個
羹湯　一杯、一碗

筷子　一雙
一組兩根筷子
為「一雙」

飯碗　一個
飯　一碗、一份

椅子　一張

餐桌
一張、一桌

桌布、餐墊　一張

可以裝盛的料理
一盤、一樣

食器　一個
有深度的食器，不論什
麼造型，都是以「個」
計量。

盤子
一個、一枚
扁平狀的盤子，不論什麼造型，
也可用「枚」計量。

第一泡的
茶，好香
啊！

所謂「泡」
一次分量的茶葉
所沖泡次數的量
詞。

茶罐
（裝盛茶葉的道具）
一罐、一個

茶壺　一個

小茶壺
一個、一只

茶碗　一個　　托盤　一個

 真有趣

在日本有注水口的容器，如
茶壺，使用「口」為量詞，
但「口」在中文則是用在計算
人或鍋子等的數量，例如一家五
口、一口鍋子等。

有蓋的茶碗
一套、一組

茶盤　一個

茶　一杯

所謂「杯」
指的是裝滿容器
的分量。

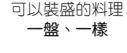

12

今天的便當裡有什麼菜色呢？

餐具盒
一個

刀、叉、湯匙　一支
多支　一套、一組

餐巾紙　一張

玻璃杯　一個

馬克杯　一個

附有盤子的杯子
一組、一套

高腳玻璃杯
一只

便當、便當盒　一個

紅豆糯米飯

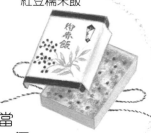

火車便當

盒裝便當
一盒、一個
（便當裝盛在用薄木片
或厚紙折成的盒子裡）

日本在特別節日使用的器具

第一層
第二層
第三層

多層食物盒　一套、一組
三層或五層的多層容器盒。因為也會用來裝盛正月的年菜，為了避開與「死」諧音的「四」，所以第四層稱為「與層」。

升斗
一個、一升
用來測量豆子或酒的道具。日本新年撒豆除魔時，也會用升斗來估量豆子。測出來的分量是「一升」。

賞月時的供品糰子有十五個喔！

供品座　一座
放置獻給神明之供品的臺座

鏡餅　一套、一組
編按：鏡餅是日本新年時祭祀神明的一種用米飯做的糕餅，準確說是麻糬，一般而言，鏡餅為大小兩個圓盤狀之餅相疊而成。

「一襲」與「一件」的差別
衣物是用「襲」或「件」來數，要如何區別呢？

衣架
一個

衣物毛刷
一支

我喜歡的一
襲洋裝！

再買
一件吧！

這件上衣，我好
喜歡，可是變得這
麼小件了……

這是我外
出穿的連身
裙喔！

熨斗　一臺、一個

以「一襲」爲量詞

「襲」用於計算成套的衣服或
被褥的單位。

這是平
常穿的連
身裙。

以「一件」爲量詞

上衣或襯衫、裙子或西裝褲之類包
覆全身的衣物、家居服或褲子，都
可以「件」爲量詞。（男女西裝褲
也可以用「條」來數。）

各式各樣的全身配件

毛帽 一頂

口罩 一個

圍巾 一條

手套 一對、一雙

帽子 一個、一頂

如果只有一邊的鞋子，就稱「一隻」喔！

泳帽 一個

泳鏡 一副、一個

浮板 一塊

泳衣 一件
泳褲 一件

游泳圈 一個
救生圈 一個

海灘拖鞋 一雙

打結的緞帶是一個，如果沒有打結是一條。

雙肩帶書包 一個

運動服
（上下一組） 一套
（各別分開） 一件

襪子 一雙、一組

眼鏡或太陽眼鏡 一副、一支

圍裙 一件

和服 一件

布 一塊、一件

腰帶 一條

領帶 一條

白襯衫 一件

手錶 一支

西裝 一套

拖鞋、木屐、人字拖 一雙（左右合在一起）

如果是單獨一邊的人字拖、手套、襪子，稱為「一隻」。

日式短布襪 一雙、一組

皮帶 一條

公事包 一個

手帕 一條

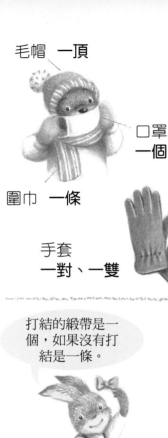

「匹」與「頭」的差別

動物可以用「匹」、「頭」來數，差別是什麼呢？

馬 一匹
一頭

「匹」與「頭」的使用區別

「匹」一般用在計量布匹，以及馬或騾等大型動物。而「頭」則多用在牛、驢、豬等牲畜。

羊 一隻、一頭

牛 一頭

🐻 **真有趣**

在中國古代，「匹」本來是計量布帛等紡織品的單位，四丈為一匹。用「匹」來計量馬最早出現在中國第一部上古史《尚書》中，後來孔子也曾為顏回解釋為何馬要用「匹」來計量喔！

貓 一隻

水母 一隻

貂 一隻

松鼠 一隻

鯨鯊 一隻

野豬 一隻、一頭

豹 一隻、一頭

貓熊 一隻

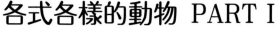

各式各樣的動物 PART I

用「隻」來數的動物

「隻」當量詞使用，是計算飛禽走獸等動物的單位，例如：一隻雞、兩隻兔子；以及計算物體件數的單位，跟「只」通用，例如：一隻箱子、兩隻耳環。

你看得懂嗎？

我正在工作中，不會亂吠叫的。

猴子 一隻
智能高、思考能力近似於人類的猴子，要用「隻」來數。

嗯，沒有變化嘛……

天竺鼠 一隻

老鼠 一隻

導盲犬 一隻
導盲犬、身障者輔助犬、救難犬、警犬等，是對人類有極大貢獻的動物，也是用「隻」為量詞。

因為你是鳥，所以吃你！

我才不是鳥呢！

兔子 一隻

鴕鳥 一隻

白尾海鵰 一隻

蝙蝠 一隻
蝙蝠前腳的膜張開之後，就可以像鳥一樣飛翔。

 真有趣

兔子是鳥嗎？在日本，兔子通常用「匹」來數，但也可以用「羽」這個專門數鳥類的量詞，據說，那是因為從前的僧侶不准食用有四隻腳的動物，而用兩隻後腳站立的兔子就被當成鳥來食用。

長戟大兜蟲 一隻
昆蟲通常用「隻」為量詞。

各式各樣的動物 PART II

長腳蜂的巢 一個

蜜蜂 一隻

長腳蜂 一隻

蜜蜂，通常是由一隻女王蜂與許多工蜂組成，可以稱為「一群」。

小鳥（兩隻）一對

公鳥與母鳥各一隻稱為「一對」。

蝴蝶 一隻

蝶蛹 一個

🐻真有趣

蝴蝶會用「隻」、「群」來當量詞。在日本，則是受英語的影響，直接用「頭」來計量。

所以說，蝴蝶標本必須保留頭部，這是很重要的。

蜘蛛 一隻

蜘蛛網 一張、一面

蟬的蛻殼 一個

蟬 一隻

象龜 一頭、一隻

海葵 一隻、一株

因為看起來像植物，所以可以用「株」來數嗎？

烏龜 一隻

爬蟲類動物是用「隻」來數，而體型大又具有危險性，或是瀕臨絕種的動物，也會用「頭」來數。

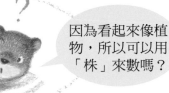

即使是大型的、危險的蛇，也是如此嗎？

壁虎 一隻

鱷魚 一隻、一頭

身為爬蟲類的蛇，不論大小都可以用「隻」或「條」來數。

「一」和透過動作的測量

做動作，也可以測量分量喔！讓我們來看看有哪些吧！

看起來好好吃，舔一下。

一撮
大姆指、食指、中指捏起來的分量。

一握
一隻手可以把東西握在手心的分量。

樹幹好粗呀！試試看可以抱一圈嗎？

一口
一次可以放進嘴裡的分量。

一勺
手拿著道具，一次可以舀起來的分量。

一灑
手振動一次，把容器裡的東西振出來的分量。

一把
一隻手可以抓起的分量。

没法測量的分量怎麽説……

堅持一下（一會兒）
再多努力一下，再多拼一點。

習題好多喔！

休息一下（一會兒）
稍微休息片刻。

做完啦！

睡一下（一會兒）
稍微小睡片刻。

走一下（一會兒）
稍微走一小段路。

等一下要走到那裡喔！

19

計算「花」的量詞

花束
一束、一把、一件

花盆　一盆、一件

雛菊一朵喔！

不是一枝嗎？

花籃　一籃、一件

盆栽　一盆、一件

花枝　一枝

切花　一朵、一枝

「束」與「把」

「束」是把東西綁在一起的分量，不論大小多寡；「把」是一隻手可以抓起來的分量。

所謂「片」

形容像花瓣、雪花、彩色紙屑般，又薄又小，可以隨風飛舞的量詞。

花瓣　一片

花　一朵、一枝

所謂「朵」

花瓣像車輪那樣的圓形、散開狀的花，就用「朵」來數。有一根莖，連接著花或花蕾的切花，可以用「枝」來數。如果根莖的數目增加，加在「枝」前面的數量也要增加。

一朵花、一枝花。

三枝花。

如果一枝莖上面開了很多花，就用「枝」來數。

這枝小蒼蘭開了三朵花喔！

樹枝　一枝、一根

日本人想優雅的描述樹枝時，就用「枝」，除此之外不太常用。

棣棠花
一朵、一枝、一株

「朵」也可以用來當作雲或浪花的量詞。

繡球花
一朵、一枝、一株

「株」是低矮植物或幼苗的量詞。

紫藤棚　一座

紫藤花　一串

「串」是用來數像葡萄那樣聚集在一枝莖幹上的花。

園藝花剪
一把
一支

鋸刀　一把、一支

錘子
一把、一支

花臺完成了！

毛巾
一條

澆水器
一把、一個

水桶　一個

水桶裡的內容物可以說「一桶」。

水管
一條、一卷

鏟子　一支

編按：計量長竿狀的物品，可以用「支」、「枝」、「根」，其中「根」是北方人的口語詞，「枝」則多用在南方，且文雅古詩詞中較常見。

花臺　一座

篩子
一個、一面

樹苗　一枝、一株、一棵

球根　一個
一球

種子　一粒

工作手套　一對、一雙

「雙」是用來形容成對事物的量詞。

花苗
一枝、一株

花盆
一個、一盆

用來數「文具」的量詞

我平常使用的物品好多啊！

摺好啦！

摺紙作品
一件

色紙
一張

「件」是畫作、寫字或勞作作品的量詞。

筆記簿、速寫本
一本、一冊

「冊」這個字

是由「竹簡」的象形文字演變而來。所謂「竹簡」，是在紙尚未發明以前，以薄竹板做為書寫記錄的用具。

三角板、量角器
一個

尺、美工刀、圓規
一把

剪刀
一把

日本紙
一張、一帖、一束

20張為一帖，10帖為一束。

竹簡

嗯……

蠟筆、色鉛筆、原子筆、鋼筆
一支

鉛筆　**一支（枝）、一盒**

12支是一打。「打」是12個為一組的單位，12打稱為「一籮」。

橡皮擦
一個

鉛筆盒　**一個**

小說，詩集之類
一部、一件作品

調色盤
一個

透明膠帶　**一個、一卷**
切下來的膠帶是「一段」。

筆刷
一支

膠水　**一個、一條**

稿紙　**一張**

顏料　**一支、一條**
盒裝為一盒，顏色量詞為一色。

相框　**一個、一面**

用來數「船」的量詞

這裡有一艘紙摺的船！

「艘」是這樣寫喲！

這個字好難寫喔！還有其他數船的量詞嗎？

所謂「卷」

像「全三卷」這樣的詞，是用來數一系列的書。如百科全書或全集之類有很多本組成一套的書刊，必須用「第一卷、第二卷」這樣依照號碼編號。

第一卷

全三卷

槳 一支、一根
手搖的竿子

書籍、雜誌 一冊、一本、一部

風帆 一艘
競賽用的船或是遊艇也用「艘」為量詞。

小船 一條
主要用來數小型的船。

大型客船 一艘
主要是像客船或油輪之類的大型船。

和船
（日本從古時候就有的木造船）

櫓 一支、一根

編按：船也可稱作「舟」，古人所謂的「扁舟」指的就是狹窄的小船。由於小船在湖面上搖盪的樣子遠看像葉子，因此有「一葉扁舟」的說法。

船錨 一個
這個用具是為了讓船保持不動、放置在海中以固定船隻。

燈塔 一座

23

穿過城鎮

今天和朋友們一起騎腳踏車
到山丘上野餐吧！

電車 一輛、一臺
（班次 一班、一趟）

**鐵路平交道
一座、一處**

巴士 一部、一輛、一臺
（班次 一班、一趟）

**機車
一輛
一臺
一部**

所謂「臺」
承載人或物品的器物、載
具、機械、大型樂器等，
很多東西都可以數。

腳踏車 一臺、一輛

穿著同樣制服 一團
所謂「一團」，指的是有
著同樣目的的人集合，也
可以說「一群」。

人 一個、一名、一位
「名」使用在需要概括
簡要的場合，例如「參
加者十名」之類。

交通號誌燈
一座、一個、一處
「處」指的是有該項
物品出現的場所，例
如「交通號誌燈有兩
處」。

交通鏡、交通標誌
一支、一座、一個、一根

公車站牌
一處、一個、一支

時刻表 一張

長椅
一張、一座
如果是固定不動的，可以
用「座」來數。

休息一
下吧！

看右邊，
看左邊。

斑馬線 一道、一處

路燈　一盞、一支、一根

飛行船　一艘

飛行船
吧！

飛機、直昇機之類的
空中交通工具
一架
航班數　一班

很多交通工具都用「臺」來數。
原本「臺」指的是以地面為支撐
的底座，而飛離地面的飛機不符
合這項敘述，所以就用「架」作
為量詞。

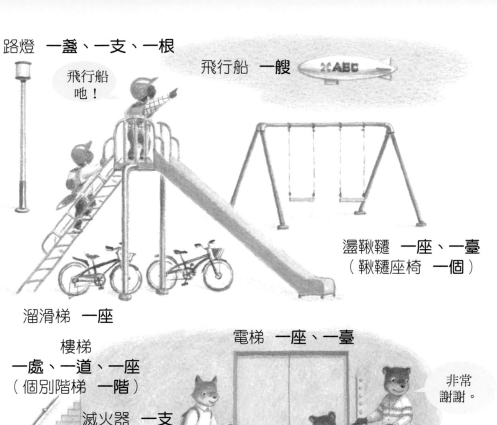

盪鞦韆　一座、一臺
（鞦韆座椅　一個）

溜滑梯　一座

電梯　一座、一臺

樓梯
一處、一道、一座
（個別階梯　一階）

滅火器　一支

非常
謝謝。

您的貨物
喔！

嬰兒車　一臺、一部　　輪椅　一臺、一部

推車　一部

好危險喔！
下手扶梯請不
要用衝的！

來不及了！

郵筒　一個、一處

紙箱　一箱、一個
摺起來呈扁平狀的紙箱
是「片」。

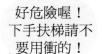

手扶梯
一座、一臺

寄出這封
信，就完
成嘍！

山丘上俯瞰
穿過城鎮，來到山丘上嘍！

飛機雲
（又名「凝結尾跡」）
一道、一條

雲 一朵、一團
用來數聚在一起的大型雲塊。

卷雲 一條、一道

雲 一片、一抹
飄浮在藍天裡的零
星小雲塊。

山、岳、峰 一座
「座」形容的是高山，以登
山或觀光聞名的山、山岳、
山峰也可以用「座」來數。

積雨雲 一座
像山一樣高聳的雲。

空中纜車 一座、一臺

風箏 一只

電車軌道 一條

鐵塔 一座

農田 一片、一塊　鐵橋、橋、步道橋
道路 一條　　　一座、一條

可以搭纜車登
上那座山喔！

那麼下次我
們到那個山
頂上去吧！

河川、河流 一道、一條
小型的河川也可以用「條」
當量詞。「條」指的是「像
樹枝狀的分支」。

飯糰 一個

水壺 一個

星星 一顆

流星
一道、一顆

星空觀測

在我們家的院子裡搭帳蓬，
看一整晚的星星吧！

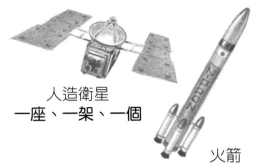

人造衛星
一座、一架、一個

火箭
一座、一枚

星雲
一群、一個

星座
一座、一個

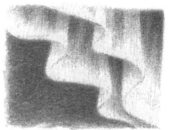

極光
一道、一片

月光 一道

月亮

由於月亮只有一個，通常是不
必數數量，但有時候月亮會映
照在水面上，因此有「兩個月
亮」的說法。

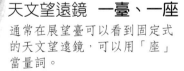

帳蓬 一頂

手電筒
一支

露營燈
一盞、一個

蚊香 一卷、一片

天文望遠鏡 一臺、一座

通常在展望臺可以看到固定式
的天文望遠鏡，可以用「座」
當量詞。

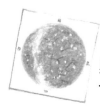

星座圖
一張

暴風雨來啦！

颱風來了，所以風變得好強。
學校提早放學了……

這個時候要趕快躲進安全的建築物中。

颱風　一個
颱風是依照發生的順序而用「一號、二號」依序稱呼，登陸後的颱風則用「一個、兩個」來數。

閃電　一道
（打雷　一道、一回）

避雷針　一支、一座
為了避開雷擊，會在高樓或高塔上裝設避雷針。

百葉箱　一座、一臺、一個
為了監測溫度與溼度，而把測量計放入能保持通風的木箱裡。以前，能保持通風的窗子都以「百葉窗」稱呼，於是沿用這個稱呼，稱這個通風的木箱為「百葉箱」。

溫度計　一支

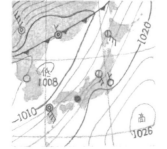

天氣圖（衛星雲圖）　一張

龍捲風　一道、一股、一陣

溫溼度計　一臺

雨溝槽 **一道**

傘 **一把**

雨滴、雨點 **一滴**

沿著雨傘滑下的雨 **一道**

青蛙 **一隻**

光束 **一道**

雨帽 **一個、一頂**

彩虹 **一道、一座**

雨衣 **一件**

雨鞋（左右合起來）**一雙**

冰柱 **一條、一根**

雪花 **一片**

放大鏡 **一支**

雪人 **一個**

雪橇 **一臺**

霰、雹 **一粒**
空氣中的水蒸氣凍結之後落下來，形成白色堅硬的顆粒。直徑五釐米以下稱為「霰」，比這個大的是「雹」。

氣候方面，在日本有很有趣的説法喔！

木枯一號（寒風）
該年冬天第一道強勁寒冷的北風。

春一番
立春（2月至3月左右）過後，吹起的第一道溫暖南風。

初雷（春雷）
立春過後第一道雷鳴。

「初」意味著「該季節第一次」，其他含有「初」字的詞彙包括「初嵐」、「初雪」、「初霜」。

初冰
該年第一次結冰。

奶奶的家

我的奶奶住在一個非常古老的房子裡。
奶奶家有我們家沒有的榻榻米房間，
還有很多從很久以前就用到現在的用具喔！

屋瓦 一片
雨溝槽 一道

房屋 一間
「間」用來數民宅、商店、
餐飲店等。

竹簾 一片、一張

公寓、大樓 一棟
「棟」是用鋼筋水泥等蓋起來
的集合住宅。住在集合住宅裡
的各個家庭稱為「戶」。

榻榻米 一個、一片、一疊
「疊」的長寬比大約是2：1。

柱子 一根

 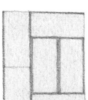 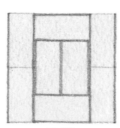

折疊屏風
一面、一座、一對

門檻 一道

四疊半　　六疊　　八疊

這裡指的是和室裡能放下榻榻米的最大疊
數，而鋪設的方式有很多種，並不固定。

玻璃窗 一扇

走廊
一道、一條

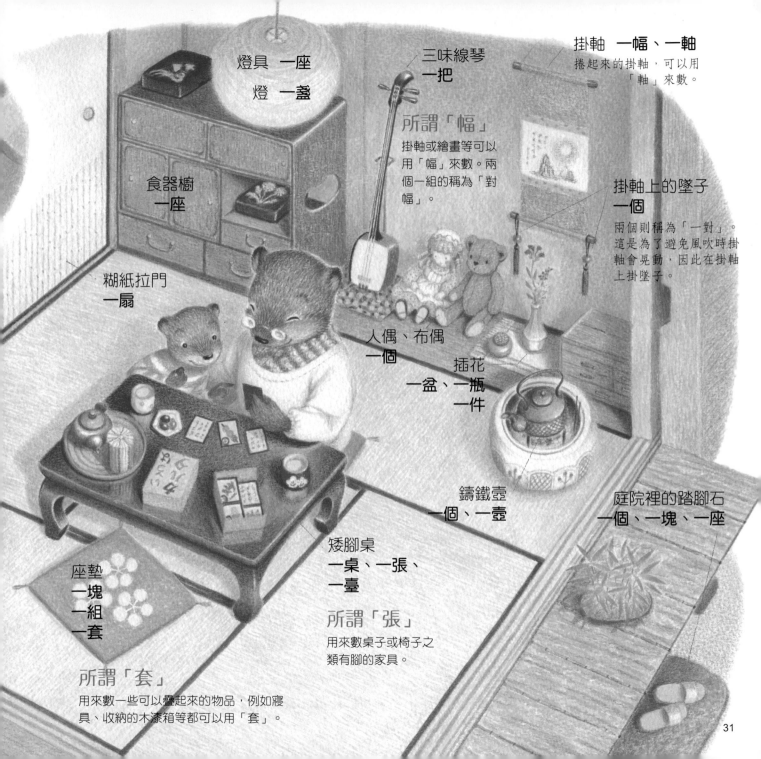

燈具 一座
燈 一盞

食器櫥
一座

三味線琴
一把

掛軸 一幅、一軸
捲起來的掛軸，可以用
「軸」來數。

所謂「幅」
掛軸或繪畫等可以
用「幅」來數。兩
個一組的稱為「對
幅」。

掛軸上的墜子
一個
兩個則稱為「一對」。
這是為了避免風吹時掛
軸會晃動，因此在掛軸
上掛墜子。

糊紙拉門
一扇

人偶、布偶
一個

插花
一盆、一瓶
一件

鑄鐵壺
一個、一壺

庭院裡的踏腳石
一個、一塊、一座

座墊
一塊
一組
一套

矮腳桌
一桌、一張、
一臺

所謂「張」
用來數桌子或椅子之
類有腳的家具。

所謂「套」
用來數一些可以疊起來的物品，例如寢
具、收納的木漆箱等都可以用「套」。

31

奶奶家有我們家沒有的家具和神龕。

咦，這個可以提出去嗎？

衣架 一座

櫥櫃 一座

真有趣

在日語中，衣架、屏風、書櫃等，以及在高處掛上棚子或桿子的東西會用「架」來數。但在中文裡，「架」是用來計算飛機或機器等的單位。

包袱 一個
用方形布來包的東西。

神龕 一座
安置祖先牌位或佛像的地方，也是為了擺放祭拜的供品。

佛像
一座、一尊
雕刻或繪製的佛像物品。

也可以烤糯米糰喔！

烤食物的筷子
一雙、一組

烤網
一面

火盆 一個
火盆裡舖了泥灰，把炭火加熱後，可以溫暖雙手，也可以煮沸熱水。

火盆架 一臺
把火盆架放進火盆裡，就可以把烤網或水壺架起來。

祖先牌位
一座
安奉亡靈的牌座。

奶奶的房間裡有各式各樣的箱子，裡面裝了好多東西。

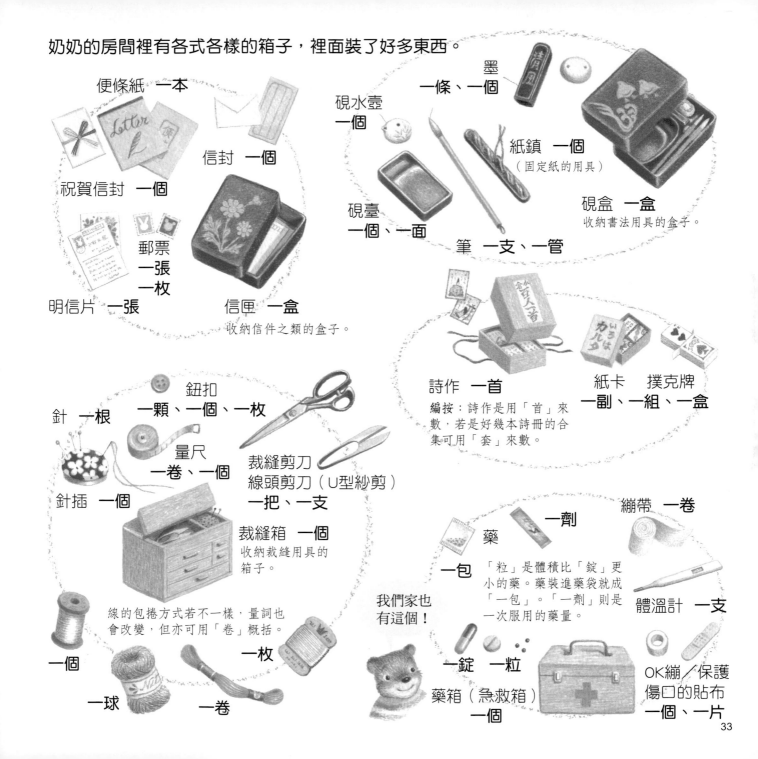

便條紙 **一本**

信封 **一個**

祝賀信封 **一個**

郵票
一張
一枚

明信片 **一張**

信匣 **一盒**
收納信件之類的盒子。

硯水壺
一個

墨
一條、一個

紙鎮 **一個**
（固定紙的用具）

硯臺
一個、一面

筆 **一支、一管**

硯盒 **一盒**
收納書法用具的盒子。

詩作 **一首**

編按：詩作是用「首」來
數，若是好幾本詩冊的合
集可用「套」來數。

紙卡　撲克牌
一副、一組、一盒

針 **一根**

鈕扣
一顆、一個、一枚

量尺
一卷、一個

裁縫剪刀
線頭剪刀（U型紗剪）
一把、一支

針插 **一個**

裁縫箱 **一個**
收納裁縫用具的
箱子。

線的包捲方式若不一樣，量詞也
會改變，但亦可用「卷」概括。

一個

一球

一枚

一卷

一劑

藥
一包

繃帶 **一卷**

「粒」是體積比「錠」更
小的藥。藥裝進藥袋就成
「一包」。「一劑」則是
一次服用的藥量。

我們家也
有這個！

體溫計 **一支**

一錠 **一粒**

藥箱（急救箱）
一個

OK繃／保護
傷口的貼布
一個、一片

每次看都覺得這人偶的臉好美啊！

媽媽的寶物

媽媽的寶物有什麼呢？
去問問看吧！

這是外公送你的禮物！

鯉魚旗
一個、一面

編織盒
一個

用細竹或柳條編織而成的收納盒。

雛人偶
一組、一對

男偶與女偶成雙，可以用
「組」或「對」來數。

收納盒
一盒、一個

日本桃花節
祭典道具
一件、一具

所謂「盒」

從古時候開始，就用
來數有蓋子的容器。

媽媽
好漂亮。

照片
一張

所謂「張」

照片、明信片或卡片等，想看的
時候可以放在手上回味的物品，
都可以用「張」來數。

弓 **一把**

箭 **一支**

頭盔 **一個**

戰刀 **一把**

弓箭組　盔甲／甲冑
一套　　一件、一具

爸爸的嗜好

爸爸放假的時候都做些什麼事呢？
去問問看吧！

將棋

移動棋子的動作用「手」來數。對戰次數則用「局」、「回合」、「戰」來數。

將棋座

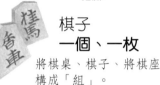

櫃腳

棋子 一個、一枚

將棋桌、棋子、將棋座構成「組」。

為什麼叫「櫃腳」？

圍棋桌與將棋桌的桌腳稱為「櫃腳」，因為它的形狀設計源自櫃子花的果實。而「櫃」的日語發音，恰好是「沒有嘴巴」，意味著下棋對戰時雙方與觀棋者都不能說話。

櫃子

圍棋

對戰次數以「局」、「回合」、「戰」、「盤」來數。

我也會玩五子棋。

棋子盒 一盒

裝棋子的盒子

櫃腳

棋子 一個

黑白各一個棋子稱為「一對」。

小提琴 一把

豎笛 一支

琴弓 一支

吉他 一把

用弓弦來拉的小提琴，或是撥弦的吉他，都用「把」來數。

手風琴 一臺

放置在地板上的鋼琴或豎琴、有鍵盤的口風琴或手風琴，都以「臺」來數。

豎琴 一臺、一座

古樂器怎麼數呢？

古箏 一面、一張

所謂「面」

古箏、太鼓、琵琶等在琴的表面演奏的樂器，可以在上頭決勝負的場所或物品（網球場、游泳池、將棋桌、圍棋桌等），使用其表面的用具（鏡子、硯臺）等，都可以用「面」來數。

手鼓 一把 一張

太鼓 一面、一張

所謂「張」

把弦或皮張開的樂器、把布或紙張開的用具，都可以用「張」來數。

笛、簫、笙之類的管樂器，用「管」與「支」來數。

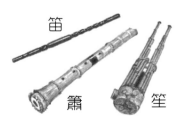

笛

簫

笙

今天是中元節

今天全家一起去掃墓。
寺廟是用「一座、一間」來數的。

正殿　一座

鐘樓　一座

墓　一座

鐘
一座
一個

杓子
一支

提桶　一個、一桶

供花　兩束稱為一對

所謂「對」
兩個為一組的東西。

念珠　一條、一串

線香　一束、一把
綑在一起的稱「束」或「把」，個別的以「支」或「炷」來數。

地藏菩薩石像
一尊、一座

在日本，地藏被視為孩童的守護神，因此常以親切的「地藏菩薩」來稱呼。「尊」是佛像的量詞，也可以用「座」來數。

今天有祭典喔！

我今天也要抬神轎，
先參拜一下吧！
神社是以「一座、一間」來數喔！

許願牌 一面

護身符／符紙
一張、一份

鳥居 一座
過了鳥居，就被認為是神明居住的地方。

二禮二拍手一禮
這是參拜日本神社的禮儀順序。「禮」指的是鞠躬，「拍手」是雙掌拍擊。敬拜神明時必須「兩次鞠躬、兩次拍手、再一次鞠躬」。

燈籠 **一具**

石獅子（兩座）一對
想像出來的生物，守護著神社與寺廟。

正殿 一座、一棟
神社建築體，例如正殿或拜殿，都可以用「座」來數。

神轎 一座
神明雖然平常都居住在神社裡，但祭典時也會乘坐神轎遶境。

有棚子的售貨攤 一攤

棉花糖

蘋果飴 一支

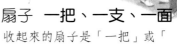

團扇 一支

手巾 一面、一條
打開來使用的手巾可以用「面」來數。纏成頭巾的可以說「一條」。

金魚 一隻

面具 一面、一枚

扇子 一把、一支、一面
收起來的扇子是「一把」或「一支」，打開的是「一面」。

用身體來測量

古時候會用身體某部位的長度為單位來測量。

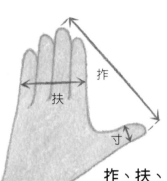

拃、扶、寸

手原本是古老的長度單位。「拃」指的是手掌打開後，大拇指與中指（或小指）的最大距離。一指的寬度叫做「寸」，四指並排叫做「扶」。

碗的大小

兩手圍成一個圈，大約是碗的大小。手小的人圍出來的碗適合女性或孩童使用。

咫

中國古代的長度單位，手掌底端到中指頂端的長度。

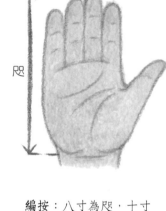

編按：八寸為咫，十寸為尺。「近在咫尺」形容距離很近。

爸爸的碗，我用一隻手根本拿不住啊！

以前的人好像比較矮小吧！

兩個榻榻米，大約是「一坪」。

中國古代指一個成人兩手打開的寬度叫做「尋」，通常八尺，大約是被褥必要的面積，也用來估算榻榻米需要的數量。

🐻 真有趣

一直到現在，日式圓形托盤的直徑約36公分（一尺二寸），剛好是兩手端托盤時的寬幅。

吃點心嘍！

走廊

能讓兩個人端著這樣的托盤在走廊上錯身而過的寬度，就是走廊該有的寬幅。

指寬

掌寬

虎口

編按：指寬、掌寬、虎口，都可以用來當測量的工具。

古時候世界各地都會用身體的部位當作測量工具。

最早的時候，用來測量人體的腰圍長度單位「碼」（yard），出現在以「國王的鼻子到指尖的長度」為測量單位的時代。後來才做成標準的金屬量尺。

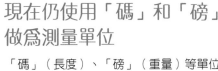

埃及
古埃及人在建造金字塔時，以手臂長度當作測量單位。

碼

這是英國的單位。

碼

呎

現在仍使用「碼」和「磅」做為測量單位

「碼」（長度）、「磅」（重量）等單位雖然主要是英國與美國使用，但與「坪」和「尺」一樣，有時候也會在我們的生活中使用。

電視或電腦螢幕尺寸
吋

咦，球飛了幾碼呢？

離達陣的底線區還有3碼！

再衝刺一哩吧！

賽馬的里程數　哩

我的車輪是16吋！

高爾夫球的飛越距離
碼

美式足球的進球距離
碼

我的保齡球是14磅重。

腳踏車車輪的尺寸　吋

保齡球的重量　磅

全世界通用的單位：公尺

以前世界各國所使用的長度單位都不一樣，
隨著世界各國人士互相交流變得頻繁，產生許多麻煩困擾，
大家一致認為必須制定一個共通單位，於是「公尺」便產生了。

一開始，「公尺」是「以子午線（地球南極與北極之間的連線）的長度為基準」。雖然當作基準的「公尺原器」曾被打造出來，但隨著科學進步，測量的基準也隨之改變。後來「公尺原器」的測量基準變成「名為氪86的原子所發射出的光波波長」。現在則是指「在一定時間內，光在真空中行進的距離」。

嗯，這裡說，曾經有多年的時間，是以「通過巴黎的子午線，由北極到赤道之距離的一千萬分之一」來定義「公尺」。

子午線的長度，其實測量不出來吧？

赤道　子午線

為什麼要用通過巴黎的子午線來測量呢？

那是1795年的事情。
一開始是法國議會決定「制定世界共通的單位」。當時他們思考著要怎麼敘述一個對誰都很標準的地球長度。

敦克爾克港

巴黎

法國

西班牙

巴塞隆納

當時的測量定義是從法國的敦克爾克港開始，通過巴黎，直到西班牙的巴塞隆納。

「公尺」（長度）漸漸變成公定的測量單位，面積和體積等，都可以清楚的表達，於是被稱為「公制」，成為全世界通用的國際單位。

公制的七個基本單位

長度、質量的單位，在日常生活中經常使用。
物質量、光強度的單位，平常很少聽到，
卻是科學技術與研究發展領域中不可欠缺的。

這個月超過用電量了。

我看到上面寫著「安培」。我知道那是用電量的單位喔！

長度：公尺（m）
質量：公斤（kg）
時間：秒（s）
電流：安培（A）
溫度：克耳文（K）
物質量：莫耳（mol）
光強度：燭光（cd）

無論怎麼保護它，還是會變化啊！

公斤原器

這是量測公斤的基準器。雖然保存在法國的真空管狀容器中，還是會產生質量的變化。這個原器即將廢止，將於2019年5月20日後制定新的標準。

量測液體的單位

公升（L）是測量液體有多少的單位。

量測氣溫的單位

℃是溫度的單位，例如水的結冰溫度0℃，沸騰溫度是100℃。

我們家的溫度計上頭寫的不是K，而是℃喔！

──守護我們的單位──

風速（m／s）、降雨量（mm）等用語，都是氣象預報機構為了防止災害而使用的單位。

自己來量測看看吧！

風速計

風速（m／s）

指的是「一秒內空氣移動多少公尺」。

降雨量（mm）

雨、雪、雹等降落到地面、化成水之後累積的高度。

長度、面積、體積、重量

長度

一公分的繩子，不能稱為繩子吧？

10 mm（公釐）
= 1 cm（公分）

1 cm X 100
= 1 m（公尺）

一公尺的繩子，一千份！我快被淹沒啦！

1 m X 1000
= 1 km（公里）

1 cm X 1 cm
= 1 cm² （平方公分）

一公里是一公尺的一千倍，不論怎麼說，我還是不曉得有多大吧！

如果是那樣，從我們學校校門到警衛亭那裡，有一公里。想像一下一公里乘以一公里的面積！

1 m
（100 cm）

1 m（100 cm）

1 m（100 cm）×
1 m（100 cm）
=1 m²（平方公尺）
（10000 cm²）

1 km（1000 m）

兩個人也可以進得去喔！

一立方公尺是一立方公分的一百萬倍！

面積

1 km（1000 m）×1 km（1000 m）
=1 km²（平方公里）（1000000 m²）

1 km（1000 m）

只有一粒花生般的大小，我大概塞不進去吧！

體積

1 m（100 cm）

1 m（100 cm）

1 m（100 cm）×
1 m（100 cm）×
1 m（100 cm）
=1 m³（立方公尺）
（1000000 cm³）

1 m（100 cm）

★想知道一公里有多遠，請把學校或是家附近的地圖找出來看看吧！

1 cm×1 cm×1 cm
=1 cm³（立方公分）

重量

這個有幾毫克呢？

我三十五公斤，是這包麵粉的三十五倍重。嘿咻！

這是一公斤的麵粉。

嗯，一毫克只有一丁點，如果不用機器的話，是測量不出來的喔！一毫克是一公克的一千分之一。

1 g（公克）×1000 =1 kg（公斤）

一公克的麵粉，吹一下就飛不見了！

這隻長頸鹿的重量是一噸，是一公斤麵粉的一千倍。

1 mg（毫克）×1000=1 g（公克）　★麵粉一小匙大約是三公克。　　　　　1 kg×1000=1 t（公噸）

試著「用身體做測量」吧！

如果用自己的手或鞋底的長度做測量單位，那麼即使不用道具也可以做大略的測量喔！

如果量好自己走一步的長度，那麼只要數一數走了幾步，就可以測量自己走了多少距離。

我走了鞋底長度的幾倍呢？

手掌打開的長度，有幾倍呢？

各式各樣的單位

如果把照明器具移開，手背會變暗。這是照明度變低的緣故啊！

流明（lm）與勒克斯（lx）

流明
光通量的單位，指照明器具（光源）的全部光度。

勒克斯
照度的單位，指照明器具（光源）的光所照到之處的光度。

汽缸排氣量（CC）
重型機車或摩托車引擎的力度，指的是發動引擎時所需燃燒空氣的分量。

750CC 50CC

節（kt）
船速的單位。這個由來是十六世紀時，在繩子上每隔一定的距離打結（knot），計算船隻出海三十秒內所拖出繩子上的打結數目，作為計算船速的方法。一節等於每小時行走一海里（nmi）的速度。

打了結的繩子

克拉（ct、carat）
源自希臘語中的 Καράτι，意思是長角豆，因為被用來測量寶石的重量，後來演變成測量寶石重量的單位。一克拉是二百毫克。

長角豆

盎司（oz）
英制測量單位之一，黃金或是香水都使用這個測量單位。

我家雖然沒有金飾，但是有媽媽的香水，上面寫著1 FL.OZ（液體盎司）喔！

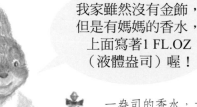

1盎司的金飾大約是31.1公克。

一盎司的香水，大約是29.57 美制毫升、28.41英制毫升。

桶（bbl）
雖然我們常聽到報導原油生產量的消息，但是正式原油交易是以美制度量衡來計算。以前，美國的原油是封在木桶裡之後運送，於是「桶」就變成單位。一桶大約是159公升。

這種木桶的英文是barrel。

成為單位的研究者姓名

研究者的姓名常常成為單位。

颱風正在逼近中，請各位多加小心。

百帕（hPa）
大氣壓力（氣壓）的公制單位，代表颱風中心附近的氣壓。

40瓦特和60瓦特的燈泡看起來好像沒有不一樣啊！

帕斯卡（Pa）氣壓類的壓力單位
Blaise Pascal （法國　西元1623～1662年）

牛頓（N）力量的單位
Isaac Newton （英國　西元1642～1727年）

伏特　（V）電池類的電壓單位
Alessandro Volta （義大利　西元1745～1827年）

瓦特（W）燈泡類的電力單位
James Watt （英國　西元1736～1819年）

啊！這裡用很小的字寫著，電池是1.5伏特（V）。

安培　（A）電流的強度單位
André-Marie Ampère （法國　西元1775～1836年）

歐姆　（Ω）電阻計量單位
Georg Simon Ohm （德國　西元1789～1854年）

如火箭般高速移動物體的速度，可以用「馬赫（M）」來標記。

克耳文　（K）溫度的計量單位
Willian Thomson, 1st Baron Kelvin
（英國　西元1824～1907年）

馬赫　（M）超高速度的單位
Ernst Mach （奧地利　西元1838～1916年）

臺灣的警察廣播電臺頻道是FM104.9赫茲（Hz）。

倫琴（R）射線能量的計量單位
Wilhelm Conrad Röntgen
（德國　西元1845～1923年）

赫茲（Hz）周波數、振動數的單位
Heinrich Rudolf Hertz （德國　西元1857～1894年）

爸爸上次受傷時，不是照過X光嗎？X光又稱倫琴射線。

蘋果園裡

今天是大家的蘋果模擬考。
有這麼多蘋果要數，該用什麼量詞呢？

有一點難
吧……

| 一顆 | 兩顆 | 三顆 | 四顆 | 五顆 | 六顆 | 七顆 | 八顆 | 九顆 | 十顆 |

現在我們所使
用的詞彙，是從古時
候沿用下來，再依需
要而變化使用。

| 一個 | 兩個 | 三個 | 四個 | 五個 | 六個 | 七個 | 八個 | 九個 | 十個 |

| 兩個 | 四個 | 六個 | 八個 | 十個 |

用老鼠
和章魚
來數
數兒？

不會吧……

數量較多時，可以十
個為一個單位來數。例
如：「十」、「二十」、
「三十」……

我猜奶奶應該有她
自己獨特的數數方式，
例如數「老鼠」或是數
「章魚」之類的。

我們一起看到那麼多量詞和測量方法，大家都學會了嗎？
不同文化和語言，會有不同的習慣用法，
大家一起來運用各式各樣的量詞吧！

蘋果的皮長長的，是一條。

熱狗堡是一條。

三明治是一塊。

大家都變成量詞達人嘍！

我的三明治沒有切開，所以是一整份。

這裡的蘋果
一堆

這裡的蘋果
一籃

看繪本學量詞

文／鄒敦怜（國語實小退休教師）

中文學習儼然成為趨勢，中文字隱藏事物的造型與形象，容易讓人有深刻的印象，認字起來不難；但是中文有諸多同義詞，學起來就有相當的難度；中文的量詞運用，更是學問中的學問。

這本《圖解量詞學習繪本》，以小動物為主角，帶著小朋友從家庭生活、親友互動、空間環境、節慶活動等各方面，逐一認識周邊會接觸到的量詞。編排活潑有趣，小讀者可以對照著自己真實的生活場域，學習起來必定事半功倍。

為什麼量詞難學？因為中文量詞至少有以下兩種特點：

一、形象豐富

量詞本身就具有特定的形象，例如：「片」指的是薄而扁平的東西；「塊」指的是團狀的物品，「粒」指的是顆粒狀的東西……

即使還沒說出要指稱的是什麼物品，但單單說到相關的量詞，聽的人腦海中就已經浮現物品大致模樣。

二、搭配巧妙

某些量詞會和固定類別的名詞相互搭配，這些搭配又隱藏著字形字義的巧妙。例如：「一棵……」後頭會接植物類的物品；「一艘……」後頭接的一定是船隻艦艇之類的物品；「一隻……」後面會接飛禽走獸等動物。量詞本身的部首，就能概括某類的事物，像這樣的例子很多。

這本《圖解量詞學習繪本》，針對以上兩點採取圖文結合，看起來清楚明瞭，部分特殊用法也有詳細的附註說明。畫面呈現出的不僅僅是工具書，更可以發展出一個個的故事，是一本適合親子共享的好書。

文‧圖／高野紀子

　　生於日本東京。著作甚豐，包括《日本行事曆繪本（春夏卷）（秋冬卷）》、《和服繪本》、《餐桌禮儀繪本》、《摺紙繪本》等。現在於東京主持「小小的水彩教室」。

翻譯／林劭貞

　　兒童文學工作者，從事翻譯與教學研究。喜歡文字，貪戀圖像，人生目標是玩遍各種形式的圖文創作。翻譯作品有《經典傳奇故事：孫悟空》、《月球旅行指南：小兔子的月球之旅》等；插畫作品有《魔法湖畔》、《魔法二分之一》、《天鵝的翅膀：楊喚的寫作故事》（以上皆由小熊出版）。

審訂

林玫伶

　　國語實驗國民小學校長，曾任臺北市國小語文領域召集人、講師及各大兒童文學相關獎項評審。

鄒敦怜

　　國語實驗國民小學退休教師，曾任課程編輯撰寫委員、國語科教材及閱讀延伸教材編寫工作。

劉雅芬

　　輔仁大學中文系副教授，教育部重編國語辭典、異體字字典審查委員。

參考文獻

- 《量詞字典》（飯田朝子／著，町田健／監修，小學館出版）
- 《探險與發現：學習中常見的日本語彙繪字典（2）》（江川清／監修，偕成社出版）
- 《日本人該知道的！物品的量詞繪本》（町田健／監修，日本圖書中心／出版）
- 《尚書‧文侯之命》。
- 《大戴禮記‧主言》。
- 《說文解字》。
- 《古文字詁林》。
- 《常用量詞詞典》（國語日報出版）。
- 《現代漢語形狀量詞的來源及其演變研究》（政大出版）。

精選圖畫書　圖解量詞學習繪本　文‧圖：高野紀子　翻譯：林劭貞　審訂：林玫伶、鄒敦怜、劉雅芬

總編輯：鄭如瑤　文字編輯：詹嬿馨　美術編輯：張雅玫　印務經理：黃禮賢　社長：郭重興　發行人兼出版總監：曾大福
出版與發行：小熊出版‧遠足文化事業股份有限公司　地址：231新北市新店區民權路108-2號9樓　電話：02-22181417
傳真：02-86671851　劃撥帳號：19504465　戶名：遠足文化事業股份有限公司　客服專線：0800-221029　E-mail：littlebear@bookrep.com.tw
Facebook：小熊出版　讀書共和國出版集團網路書店：http://www.bookrep.com.tw　印製：凱林彩印股份有限公司
法律顧問：華洋法律事務所／蘇文生律師　初版一刷：2018年12月　初版五刷：2020年1月　定價：320元　ISBN：978-957-8640-41-2

小熊出版讀者回函　　小熊出版官方網頁